紀野恵歌集

SUNAGOYA SHOBŌ

現代短歌文庫

砂子屋書房

紀野恵歌集☆目次

『フムフムランドの四季』（全篇）

紀野　恵歌集

歌集　フムフムランドの四季（全篇）

フムフムランド入国案内

フムフムランドは日本国の南方海上三百余里に有り。住民の性は温和にして、ややこんぐらがりたる所有り。気候温暖、四季の実りは豊かに、人々昼夜を分かたず居睡りつつ、手すさびに書物をめくりはたまた枕にして日々を暮らす。

此の集にあつめたる歌二百首は、この国のきはめてのらくらなるキノメグミといへるひとの詠めるなり。日フ友好の永からむことを願ひて、日本国の朋に贈る。また、英国のシャーロック・ホームズ氏と三河国《サンフームー》の岡井隆氏に感謝をこめて。

フムフムランド国王フムフム
フムフム暦八四五年三月十七日

小唄集

誰が為に生くるといふにあらねばよ髪挿《かざ》しは霜の置いたる笹よ

吉野川よしゑやし世の中われらがなからひも上《かみ》には戻らぬ

吾が恋ふとたとひ言ふとも何《な》とも無やあら何とも無や世は弥生なる

世の中に値千金といふらむは春の夜大みそか逢ふ宵

枕によきは六法全書広辞苑結ぶゆめこそ覚束なけれ

壇の浦

海に旗の散れるや紅う白う紅う　京の上﨟の紅梅がさね

しろがねの波を枕にただよへるうつし身かはた透きたる魂か

紺に黄金《きん》吾が敷物のふち飾り内海の夜のうへに揺れゐつ

いといたうしのびたればかその夜より真青《さを》なる海を見ずなりにける

星月夜鎌倉殿の眉の辺をつようにくみて寝《い》も寝《ね》らえぬに

つらつら草

何処をも夢のごとくに発《た》ちてゆく白鷺の空白きあけぼの

つらつらに思ふに二十世紀末古色蒼然春のため息

同年代そは幻よ春陽射すひと日を隔てたるゆゑひとり

久しかる恋をたづさへ春日野《はるひの》にひすがら〈時の若草〉を摘む
つらつらに思ふに椿落つたればその音ぞ今日いちにちの音

閑閑

屋根の上を伝ひあるきのしづけさの昼のひとり居いつも独り居
現在をほぼ棄て去りて坐る椅子花梨いろしてゐる前世紀
わたくしはどちらも好きよミカエルの右の翼と左の翼
イタリイといふうす青き長靴のもう片方を片手に提げて
白き花の地にふりそそぐかはたれやほの明るくて努力は嫌ひ

梓弓歌篇

文集《もんじふ》にサンドイッチをのせてあるはるのはじめの書斎の主は
うす青の古代唐草絡みあふごとき空には魔物が生《あ》るる
突きつめて私的といふにとほければ春雷のほどろほどろと鳴り渡る
春の暮れ神を毒殺し了はんぬゆすらゆすらのゆすらうめかな
神は無しはるのひかりのさゆらぎのひとふたり世を遊び暮らしつ

春の歌ひと

あをあをと言葉飾れる垂髪の雪崩れ落つたるはるの地《つち》の上

時は春いとどあかるく宣《の》りたまふ、歌にも何んにもなつちやゐないよ

師といふは魔が言なればこれの世は用ゐずまへの世にても然り

吾が掌にぞうすくれなゐの玉《ギヨク》をおき去りし幾たりのうたごころかな

あはれ詩は志ならずまいて死でもなくたださつくりと真昼の柘榴

小梨《シャオリイ》

小さき梨《リイ》あさみどりひとつわが為に上海の朝空に投げ上げよ

あめのひの柳の糸のあさみどり日本人団体旅行者のバス

毒薬のひとしづくだになき家はあらじ蘇州の痰壺のいろ

地に蘇州　馬桶《マアトン》を提げ過《よ》ぎりたるひとの影曳く上春の月

敷石のはがれた跡に宿るのは南方人《なんふあんれん》の月影訛り

長恨歌

茘枝《れいし》食む吾妻を夜の庭に見き風生《あ》れし代やむかし王たり

寵といふ文字を嫌へば愛といふ文字にてからめとらる春の宵《よ》

胡弓撫づる夜光のごとき指をもて一千年の〈昼〉を殺《あや》めき

薄く淡く病むたましひの寄る辺とて吾が列島弧ささやく波の

王たりし魂も吹き寄せらる吾れもそなたと吹き寄せらる倭《やまと》へ

島ぐにのゆめ

ひそと在れこよひ南へ舟出せむわれらなればよ砂のごとひそと
月射せばふかき碧《みどり》の波かへす東洋といふ海に棲まばや
島ぐにのあけぼののゆめ渡りたる古典期の蝶　唐かねの羽
春霞うすくれなゐに匂ふらむ内つ海には銀貨を隠せ
茜さす昼むば玉の九州にいつはりの礼《ゐや》傾けて過ぐ

闇の白絹

永遠の自閉症をぞわづらへる宇宙に棲めり　散るさくらばな

春の夜の闇の底なる白絹は吾が置きにけるおきて去《い》にける
はらはらと桜散る夢視る夜は遠つひとにやうとまれをらむ
しろがねの細刃につらぬかれ終はる出会ひなりせば――けふも思へり
愛恋はさくらはなびら散りぬれば散りぬるあとの風の名残りよ

探偵小説好きのH・P氏に

愛とふは過ぐるものゆゑ、なんて気障、女流探偵小説家の眉
みづうみの君がうはべは春ながら胸の小瓶に持つベラドンナ
すみやかにあなたを夢のない夜へ……誘ふ小罍のはるの耀よひ

アイリーネ、惑はす人《アドラー》に似た金星を追つてかへればああ麦畑

ある種のアルカロイドが作用してむらさきのゆめに溺れ死にける

国籍不明者の黄昏

珈琲店「アルハンブラ」の薄闇に溶けしをみなの漢語数片

没什么《メイシェンマ》市ヶ谷過ぎて消えやらぬ音韻なればポケットに入れき

わたくしの一路平安《いーるーぴんあん》たそがれて船上に灯すセント・エルモを

立ちをれば左頰より黄昏るる世界市民に火の接吻を

土耳古石の指輪嵌めたるをゆびにて同じきいろの海指し示す

漢語癖

古代文字記せる紙のうす青を汝が朝食の卓に置き去る

瑠璃色のインク壺持ちてゐし頃の日記は八月十日の海へ

X《エクス》氏の田園生活の終末を告ぐるため土曜の途中下車

宇宙薬試供品など配られてゐる街角の銀河のゆふべ

造語癖満月の夜に促され果ては精神障害のあかつき

そらの歌ひめ

憎まるるまで言の葉は天の青なりしかな昔みづうみの辺に

山吹を髪挿《かざ》しに折れる歌姫ははたちとふ日も知らで死にける
闇に降る雨の細さが好きでした色彩の無いゆめを視たくて
そらに突き射さる岬を訪《おとな》へばこゑはきらめく水素のやうな
黄金《きん》の花びら降りやまぬごとき生《よ》と誰は言ふとも君は知らなむ

扇の話

思ふことなげなるひとの掌に持てる桔梗《きちかう》のなつあふぎには風
さやめけるあふぎの蔭にほのほのと噂さるるは楽しかるらむ
夕光《ゆふかげ》の散乱・波のざんばらん　あふぎ開かずなりにけるかな

若死にの無残ざんざん寄する波生き抜くといふこそ無残なれ

なつあふぎ窓に置きて往ぬるたそがれは喉にあふれていふさやうなら

陽の沈む海

果てしなく何をか待たむ北方の暮るることなきその昼下がり

待つといふこそ楽しけれ北方の暮るることなきその昼下がり

しやらとひく裾にもつるる吾がおもひ陽の沈む海見る心地すれ

北方に生《あ》れしかばその瞳《め》にひそむ海はおほきな暗がりである

家とふは薄くらがりの奥の間の柱時計の鳴る昼下がり

南国の怠惰について

みんなみの午睡ぬるめる浅緑たゆたひ腐りゆくみづよ吾も

遊び月ブーゲンビリアを髪挿すには言葉が多すぎる汝れも吾も

ヴェネツィアのやうに沈んでゆかうかと言ふに揺らえる藍の眼は

海風の湿る重さに草臥れて居睡る頃や絃の音づれ

ブーゲンビル伯爵の髭思ひつつきのふを知らずあしたを知らず

　フムフム・ヌクヌク・ハワイアン

みんなみの海のねむりのひたひたと満つる午後二時脅迫恋文

If I were a bird, I would fly to you.《とりならばとびてゆかましきみがもと》　ひとなれば海の騒立つ心

意味といふものは海月よ言の葉もみづに溶くらむ月夜の言も

君に贈る薄紅珊瑚黒真珠そらの天鵞絨蛋白石《オパール》の月

髪に挿す藤の花房造り花君がこころに届かざりけり

西洋趣味

花梨材食器戸棚に残りゐるシャンペン・グラス　夏の海ぞこ

七月に海賊貴族恋ひ初めし我なれば持つ水色あふぎ

八月は妬みごころの深ければ誘蛾灯よりなほ蒼ざめて

九月、日本製バスに乗り墓はらの石の白きを訪ふゆふまぐれ
はるかなる夏を過《よ》ぎりて行きけるは麦わら帽のマダム＝レカミエ
　ベーカー街221番地B、ロンドン
一八九五年闇いろのかうもり傘に霧がまとはる
ヴィクトリア朝風掛椅子朝焼けをじつと坐つて視るための物
島ぐにの湿り帯びたる指をもて試験管には血のひとしづく
あらはれし極東のひと手をのべて私立探偵風礼《ゐや》をせり
前世紀末に似かよふゆふまぐれ　伝言少年《メッセンジャー・ボーイ》の合図《ウインク》

ベーカー街再び

朝霧の底ひに濡れて煌めける半ソヴリン貨来世紀まで

ドーヴァーゆカレーへ向かふ甲板の白い手摺りに白い手袋

突き合はす両手の指のかたちまで覚えてゐるよ百年のちも

深淵の御瞳《め》のいろを視むがためライヘンバッハ秋の初かぜ

時といふ境はゆめに満ちながら二輪馬車にて越ゆべかりけり

香久の実

香久の実の天まで匂ひ満ちながら朽つべし吾れも吾が言の葉も

月光のごとき才気をきらめかすことなぞに昔、あくがれにける
書き連らぬ意味不明とふやさしさの在ればこそ夜の花芯を指して
愛《は》しと言はな歌の重きも夜の海のうしろぐらきもそなたと負へば
言の葉はおのが味方にありとせば世の風さへやさやとさ渡る

後鳥羽院宮内卿

ほたる火をとらへて袖に透く夜や思ひ川さらさらり流るれ
夜の波生《あ》るるはいづら　わがこころひとのこころの果てを知らずよ
埋れなむ後の松風蕭蕭、といとありふれて言ひて去《い》なまし

院のうへはつかに憎み奉るよるのいほりにふるあきのあめ
むば玉の闇にはためく三の句をとらへむとしきとらへて死にき

はつ秋

薔薇園の秋の噴水乱すため来たりぬ細指の笛吹き女《め》
竹むらが風をはらみて露散らす午後に逸らせる視線のゆくへ
うつくしき言の葉擦れのさやらさや鳴り出づるはつ秋の笹原
小夜中の受話器を風の過ぎにける秋の言の葉　夏の言の葉
月のやうな街路灯在るところにて〈失楽園〉とふ文字に見惚れぬ

燭台の話

白鳥型燭台に見らるる装飾の世紀末的腐乱について

孔雀の尾ゆふべに長う曳く重み思ひみたまへわらはがものと

イタリーの燭台かかげ歩みゆく領土館の楽天夫人

秋暮れぬブルジョワジーの食卓に〈人生は楽し〉き灯をともすかな

ともしびの尽くる、あるいは白孔雀こひぢに朽ちむするゑをこそ視め

うしろ影

砂糖菓子のやうなるひとのかたへにぞ在り経てしがな紅き衣《きぬ》曳き

いと慣れて返す言葉やほのぐらき在り処にともす黄なるともしび
老いにきとはかなく言ひてさし枕《ま》ける玉手やさりなわらはも老いむ
しらしらと夜が滅んでゆくを見よただわたくしのかたはらに佇ち
いとも憎くやかへり見をせぬひとの背のかへりて隠す霧はたのまむ

光源氏へ

もろともに滅びなむいさ　さは言ひて御身ばかりを滅ぼす朝《あした》
あはれなるなべては言の葉に添ふる露の御身と我身の秋よ
列島は雪ぐもる日に文を遣る流されて居る光源氏へ

言ひさしてするゐは明石の海の霧　過ぎける秋は夢のごとになむ
ほのぼのと明け離れゆく夜を抱きかつは浦みて在り果てむかな

おゐふ

月草のうつろふいろの花摺りの衣被きて眠るおゐふの
視る夢は月草いろの空、そして永遠とふ真《しん》にうすあをきもの
けふばかりただいちにんと思へかし花を挿頭《かざ》して御身に添ふは
ほんに夢ぢやもの　わがまへを行くひとの背なほの白き秋風の闇
おゐふと呼ぶこゐすら湖《うみ》に忘れては何の華をか明日にかざさむ

秋の心

白雲の白露の白波の白妙の衣手の別れぬるかな

吹き散らふ銀杏落葉や恋ひ死なむことはむかしの、むかしのゆめよ

航《ゆ》くふねのうへに連ぬる歌の数はつ秋に破《や》り棄てし文の数

春に飽き夏に秋また冬に飽き誰とあるさへ飽かれやはせぬ

あかときに酔生夢死と唱ふべし菊花は露にうつろひて紅《こう》

舟出

いと繊くあめ降り始む陽の中を囁かれつつ海へ越えにき

いつぽんの線をもて消つ未来とはもつともかぐはしき橋か
限りある人生といふことのみぞ疑はずして秋を航《ゆ》くふね
たとふれば心は君に寄りながらわらはは西へでは左様なら
茜さすひと言をしもいひかねて後悔といふ船はしづかに

静かな海と楽しい航海

うすあをの乗船券は凍蝶の羽の如しも埠頭を行けば
甲板にちひさき雪の二三片散る夜は殊に恋ほし、と言ひぬ
「波の間に散らし果つべき御言の葉」「そは身勝手といふものぢやおゑふ」

年経とも忘れじなぞと月かげのやうなあはあはしごとは言ふな

冬のあさ潮岬を過ぎてからきのふのこともあしたのことも

帰　郷

朝霧らふ日本列島ゆるやかなる弧に沿ひて航《ゆ》くゆるやかなる孤

汝が出でて汝がかへりたる港をば吾も指すべしや永く泊つべし

内つ海に縮緬波のきらめくを見つつ別れて見つつかへりぬ

みやびをのゆるりと老ゆるみんなみに雪たづさへて吾れは来しはや

ふる年もふる雪もふる恋もふるさとに抱きて汝れとたづさへて

阿波のくに

ふる里といふ名のあられひなあられほのほの甘きひむがしの空
あひくちをひらめかす冬　銀《しろがね》の心中事件は阿波に関はる
霜月のしぐれ降る里あはとだにあはざりき去年《こぞ》、魂ぞしぐれて
故里の阿讃山系朝焼けの現実性に露がきらめき
あは雪の融くればひそと靴濡れてふかき臙脂に怨じけるかな

ゆめ

散るものに散らでありなとおもふときゆめはうつつようつつはゆめよ

これはゆめあれはうつつと追ふ蝶のやがて凍てける羽に立つ虹

現《うつつ》なやはや吾れは溺るるゆめに　のべてたまへならうつつの御手を

夢の君はいとつれな吾が歌にだに情《こころ》なの歌とかやのたまふ

醒むるゆゑ。さらばわらはは何人ぢや言葉のかげかゆめの余波《なごり》か

言葉狂ひ

西海の浮き島の上に降りつもる言葉の層を掻き分けて棲む

天渡す虹を見ざれば婆娑羅婆娑羅ばさりと切つて棄てよその歌

棄つといふひとつことにぞわづらへる冬至のかぼちやふつふつ黄色

薔薇か否みそひともじの華の束婆娑羅と抱いてあふゆふまぐれ

踏みはづし続けの道は月に明かり花に縁どられそらへ往くらむ

ブルクハルトはお好き?

太陽の光には雨傘《アンブレラ》をお嬢さん、かくて心の乱れ初めけむ

紺青の傘かたむけて囁くにブルクハルトの史観その外

諸白髪さこそ幻ふる雪の融くらむほどの吾れとこそ思へ

unconscious　hypocrite と呟いてすれちがひたる果てなし廊下

音楽のやうに今宵はかへるかな罪はむらさき雪はあはゆき

ある人曰く

限り無く吾れは寛容なれば来よ弥生まれの無礼者奴《め》が

かへし

ともしびも氷らむ夜の嘘つきの双の眼のゆゑにまゐらむ

またの日に言ひ遣る

鳥が鳴くあづまをとこに一とこそ思はれめ、何《な》ぞ思ひ初めけむ

かの人応へて曰く

風流男《みやびを》のたゆたひ佇てる岸辺こそ汝が寄る辺にやいさ知らねども

のちに独り思へる

忘らるはくやしさればや忘れなむ忘れなむ如月のうしろ姿《で》

ベーカー街その後

腐りゆく柑橘類の香にしづむごとき暮らしをせむと思ひき

漢薬《からぐすり》飲む食間に降るあめはゆめよりほそく玻璃に沁み入り
蜜蜂を飼ふ海の辺の——ワトスン君、しづかならざる日々といふべし
かろらかに科学的なるひとの眼《まみ》しばし妬みて再びは視ず
麗麗と昏るるヴィクトリア朝期長き影曳き佇つ瘦身は

逃避の愉楽

恋びとの外にはなれぬ恋びととたはぶれて詩を書くゆふべなる
歳晩はふたつごころの恋びとと上方蕎麦を喰ふべかりける
雪深う地はしんしんと睡りをらむあはれその地を精神《こころ》と呼ばむ

対岸の紀伊へ逃亡　ある晴れた冬の日の食卓に知るだらう
ヴェネツィアン・グラスの女流詩人をば吾れは幾たび裏切れるにや

春の海峡

悲しみは言ふなきさらぎ身に雪を受けて埋もれて跡ぞしら雪
あはと消ゆる南のゆきのかろきをば降らせたやなうそなたがうへに
夜毎降る月の光に埋《うづ》もれてあらばやふたり　鳴門も越えよ
阿波なるや吉野の河はゆるらなるそれのみにてはとどめがたくや
ひねくれ男《を》ひねくれ女《め》こそうちつれて春の海峡越ゆるべらなれ

フムフムランド出国案内

フムフムランドは海上浮游の島なれば、これより大洋へさまよひの旅に出でむとすなり。
日本国の人よ、さらば。

フムフムランド国王フムフム
並びに桂冠詩人キノメグミ

歌集　奇妙な手紙を書く人への箴言集（全篇）

柏原千恵子さんに

序

そらに航くふねの、冥王の星に着くとても、吾れは地の人にて在り経べし。天に星、地には花々、虚にては朽ちむこともなきとかや、降る花の下にて埋もれ朽ちなむこそねがひ。さはいへどあくがれて、遥かにとほく彼方を望み、降りつづく銀の声音に寄する、フムフムランドの旧るき塔より。

フムフムランド桂冠詩人キノメグミ

わらふ

混乱のきはみ尽して海笑ふ空笑ふ　ひと夜さに惚れ込む

青葉してむなしき世にし然《も》え出でて生《よ》とは何んぞやなぞと五月よ

芸術の混乱と言ひたてこもる画家は春雨嫌ひに過ぎぬ

歳月の無残にざんと照らされてをりしかな　しら波がわらへる

夢に過ぎぬと言ひ切ってさぞ面白の生《よ》ならむかし虚《そら》なる揚雲雀

薔薇狂ひ

死ぬほどの薔薇好きわらひゐたりしがそれでも贈って呉れぬ昼過ぎ

老いてのちあふ約束のいつもいつも金貨かぞふるやうに光《かげ》さす

くづほれていく薔薇があるゆふぐれはそれならばそれならば老ゆとも

つひに散るまでのさうびを抱きゐしはガラス壺・私・鈍いろのそら

多忙なピアノ弾きの輪舞曲《ロンド》

つゆ寒の指《および》トレモロ撃ち続け何んに続ける朝《あした》か知らず

知らざらむ柘榴ばさりと挿しながらチャイコフスキーが好きであるとか

花ザクロ実になりてゆく頃をしも愛《を》しと思ひて過ぐしつるかも

夜想曲《ノクテュルヌ》所望の客は引きも切らず朝《あした》を夜に繋げトレモロ

カデンツァに優雅を込めて弾きし後《のち》熟れ損ひの掌上柘榴

つむじまがりな夜の歌

麦熟るる真中にきのふ行きあひし蛇よりほかの誰れにか告げむ
愛もなく絶望をしてゐると言ふかれは詩を知りわれは知らずも
愛があるなら言うてみよ　みよと鳴く鳥なら飼うてゐるぞよ庭に
夏の木の黙し立ちをる日を幾日《いくか》笑つて生きてゐると責められ
思へらく知つてどうなるものぢややら世の中ふみの主《ぬし》わが歌
夕暮れはわが歌閉ぢよ外《と》に出でよさやうそらなる主には勝てぬ

梅檀の影さす部屋に居直つてゐる老歌人こそは祀らめ

水晶の夏

とりわけてこころはみづに添ふゆふべ汲みて空いろ花を挿すなる
くるしめばゆるさるるとは限らぬをたちまち天に吸はれゆく水
都には飽いたり鄙をさへ厭ふせめて連れ立つ夏のさなかへ
わたくしにあらぬをみなご引き連れていづこにおはす水晶の夏
久しくもせざりし妬みする宵はそろ鳴り出だす夢絃琴、吾が

狂瀾夏日

ほんたうに夏は退屈言ひ放ち扉《ドア》から猫を蹴り出だす姉

普通病《オーディナリイ》？　もつとも致命的である月光浴を欠かさぬやうに

新しき宰相のやうな細指のあなたであるが恋しかりけり

台所ぎらひのこゝろは死にゆけり議場に血いろ絨緞敷かれ

たそがれてしまふ港を抱くゆゑ故国と呼びて棄てにけらしな

大粒の真珠失ひ夏はただ海のつめたさあしたのくらさ

あらびあ風の主題によるセレナータ

Ｓ・Ａへ

われ御身を愛す　そのゆえに　われこの潮なす群れをわが手に統べ
星くずもて大空にわが遺書をしたためたり
（Ｔ・Ｅ・ロレンス「知恵の七柱」献詩より　柏倉俊三訳）

まみえしはこの世の櫻ちる櫻腐《くた》る櫻よなれど遇ひにき
砂漠には櫻あらざり腐るとふうつくしきことさへなあらざり
わたくしは湿潤気候のただ中に腐る花片を降らすばかりぞ
ゆくならば駱駝に渡る銀の海しらはねになるまでを照らせよ
嗄れごゑに呼びたまふらむ白つつじほのあかり夜は尽きむとすらむ

いとふるびたる言の葉に言ひ尽くすべくもあらざれ砂漠の薔薇よ
得ることの更になからむふたつみつよつむうななつ夏ぞ闌《た》けゆく
あらびあの裾ひるがへし佇ちしかばかかる地平を神とこそ呼べ
ロレンスといふ名のうへにたそがれてしまへ欧州婦人の日傘
かげといふ蔭を殺して進みゆくイエンボ、アカバ、ビールシェバ……
わたくしといふ個性または非存在二行で定義されゐついつも
死ねば無い私であるぞさらさらにひるがへし行くあらびあの裾
湿り帯びブリテン島はしづもれり知らぬ女人のあらひ髪かも

ダマスカスの薔薇を手折りて祈りなむ何を？　誰方《どなた》に？　あ——、S・Aに。
夏に嗄れたるこゑのそのままにあな、こころ冷ゆるといひたまふなよ
エル・オレンス名は聞こえきて消えゆきぬ砂をプラチナ風《ふう》に軋ます
わからざりき母は湿潤性気候かくも乾いてゆくわたくしは
ひからびた胎児、サティが痩せ細りロレンス月にゐむ欧州《ヨーロッパ》
事無くて暮るるゆふべのつめたさの銀色月がほそくかをれり

花束のやうな……

ただ天を俱に戴くうれしさのゆふかげぐさがそよぐと思ひぬ

さくらやに白磁売られてゐる午後に死にゆく愛があるかも知れぬ
萱草のにがきくれなゐ向きて言ふアナタノウタハウツクシスギル
パリといふときの退屈ひやつぽんの薔薇よりもなほ退屈である
ゆめならぬひとはこの世に在《いま》さねどなほ夜を重ねけりないたづら

夏から秋のファンタジア

総体としてのこの世はうつくしきつき草の摺り衣に似たる
生《あ》れ来しは何ゆゑと問ふ夏痩せのあまつさへ嗄れごゑの吾が君
にんじんの花の零《こぼ》るれしら花のいと細々とあはれ愛《かな》しゑ

ゆふぐれはほそうてつよき指《および》もてあなたが縊《くび》り殺してくれよ
置いて来た家族が揺れてゐるやうな月の露の秋の野である
炎《も》ゆるとも秋のほのほの消えぬべくかつがつに恋ごころありつも
ゆめといふ言かろがろに使はれて後《のち》の朝《あした》は闌《た》けゆくらしも
つね忘れゐたりし天の蒼蒼《さうさう》のやうに私は人を忘れる
そして燃えゐし向日葵のたふれ伏しまこと燃えゐしかや覚束な

音　楽

吾が貌《かほ》を見に来《く》と言へる千年の恋びとにてもあらざるに　けふ

文机に向かふかたちの似通ひてゐるがくやしき何んとなう夕

みづさへや腐《くた》れるものをかはらじと曰《い》ふ右腕をピアノに衝《つ》いて

どうせ嘘ならば千年契りてよ生《あ》れ変はり死に変はり私に

poco a poco ritardando《すこしづつゆつくりとさう》　音楽がひと日を占むるやうに占めゆく

よこしまであるのは死ぬるほどたのし薔薇喰ふ青虫つまみ棄て

見らるるとおもふ不安な葉の戦ぎのみに心はとらはれてゐて

おそろしきやうなる　こはれゆく和音たづさへ天を墜つるやうなる

終楽のやうにたかぶりゆく秋のもみぢが占めよ視野けふばかり

ナジェージダ*ならずピョートルならざればかたみに占めて絞めゆくらしも

*ナジェージダ・フィラレートヴナ・フォン・メック
ピョートル・イリイチ・チャイコフスキーの援助者。
二人は生涯会わなかった、と言う。

窓外に娑羅の樹立つてあるごとくりち眺めたりふたりもはらに

ほそ糸の菊の花びらやうやうに反《そ》りゆき明日とならば叛《そむ》かむ

衰ふる腕《かひな》かなしみ衰へしゆゑに愛《かな》しみ離《か》れ果てにけむ

音楽を持たぬあなたであつたならゆふがたおあひしたかも知れず

野原にはチャイコフスキィのやうな山羊がゐてうたひき千年薄暮

蜜月

否と応ふ　またの朝《あした》はすきとほるあはひに秋の光こそあれ

これをしも恋といふらむ音楽をつりがね草のそよ鳴り出づれ

秋をふかく言はで思ふぞ立ち枯れてゆくは穂薄　或ひは朝

いづもなる青瑪瑙にて飾らなむ太刀を、断つため、吾れとそなたと

花すすき泡立草の寄せかへす波にあふ瀬のあらな、とばかり

吾れに書《ふみ》たまひし人と音楽を賜ひし人の野に佇ちながら

瑪瑙とは秋の小鳥の卵なり其様の温み吸ひ尽くし、あなや

在りながら応へたまはぬゆゑ知らに御碕《みさき》にかへり花そ棄てつも
黙しゆくいなさの浜の否とだに応へてしがな　否否、往なむ
みづうみに細月しろくかかりけりこれが私の蜜月である

　去年《こぞ》ありて、亡き人に

そらあをくありしことども忘れつゝすこしまじらひすこし語りつ
呼びしかばかへり見せしをそらあをくこゝろは貫《ぬ》くがに思ひしそらを
亡きことをそらにおもへど流るれば長良の川の秋にながらふ
ながらふるいま一人《いちにん》と吾れとして篝火舟の夜の遊びせむ

夜を遊びとほせよ髪の花落ちて水に散る火の影のうすれて
さまよはむ黄葉《もみぢ》の谷のある如し死後といふ語は濡れまさりけり

近江に悲しぶ歌

ありし夏亡き秋の暮ささ波のいかで逢ふ身と呼ぶべうや君
ひと日湖《うみ》に抱かれてさまざまに暮る此方彼方や寄るべ無み波
ありやなし問へばあふみの都鳥ありと応へて嘘鳥やのそれ
夜べぞ湖をうち叩く雨よみづとみづの呼びあふこゑに寝《ぬ》るも醒むるも
かなしぶはみづからをこそ亡き人のかなしぶとみしゆめの身をゆめに

奇妙な手紙を書く人への箴言集

待ちまうけゐたりし文を持ちながらハッピイ・アラビアとふ思ひながら

秋の陽のサフランのいろの滴れりこぼるれば掬ふとみえしてのひら

椿姫死せるよはひになりたりやとて文寄越すあひたやと言ふ

秋にかをる花々挿せよわうごんのクリザンテエム窓に棺に

菩提樹下通りますぐに貫いてゐたれ秋天失職直後

失ふといへる言の葉もみぢして水に散らまくをしも紅葉が

奪ふとはまたありふれし黄葉かなしづかに重ね朽ちよと言ひね

支配してゐるやうな楽しみに吸ふ細巻煙草取りて棄てつも

いまひと日早く出会つてゐたならば？　どの朝《あした》にもかをる花々

たまゆらとまづ言ひ分きて生くるごと薔薇の芽を摘む夜となるまで

人憎むなどソロモンにさへありき秋はそよろにうつろひぬべし

三とせより永くは人を思はじとなしぐれ過ぎたるあとの湖《うみ》の面《も》

それよ御手《みて》わたしに賜へうねるみづ視らるれば身は揺るがるれ君

ありふれてゐて異なれることなくて湯は奔逸に夜を醒めゆく

れもん樹

ヴェネツィアに棲まふ約束うち忘れてけるかなから故里ぐらし
いやなことだらけでもないなんて思ひながられもん樹を植うる日曜
大鏡購《か》ひに家具屋へ行く如くあなたを訪ぬ畑道踏んで
つよくないのはわたくしも同じこと冬にゆめみるひとたらましよ
さと時雨れ来《く》やめのまへを落ちゆけり木の葉　私を朋と呼ぶ人

おのがきぬぎぬ

歌を好いたるにあらねどほそうつよき指《および》の骨の、しらしら明くる

れもん樹は芽吹きぬそれを折る夢の醒めてしまらく茫と指《および》は
しら骨になりたまひなばあけぼのは牡丹色《ぼうたんいろ》にそなたを染むる
くだらぬと言へば汝れこそくだらぬといふより何んのたのしき朝《あした》
人ひとりかへして花は鎮もりぬ透いてゆくあをざむるひと日は

十一月の贈物

うち時雨れけふはすこうしうとましき朋と山茶花踏み散らしゐる
心から言ひ争ひをせむがため篝火草を灯す食卓
あなた常に世間は変はりゆくものよヴィオロン弾きのトレモロに連れ

〈四季〉と呼ぶその終曲の果てに在る心からにや降るしぐれ月

恋びとを朋と呼ぶときうち時雨れさくら紅葉の深みにけりな

雨について

Je t'aime とうたへるふるき声ぬちに雨降りてゐて降りゐたるかも

褪せてけるうすみづいろの歌ひ手のこゑ　手袋に浸みとほる雨

青と黄金《きん》、冬のいろ

あをぞらにフィンランディア　ディア・マイ・ディア私を置いていくのでせうか

冬氷るおほきな河に沿ひながらあるく何処《どこ》までなぞとは知らず

息詰まる？　行き詰まる？　あなこりずまに音《おん》に頰摺りせしやわたくし
花の名を〈思《おもひ》のまま〉と言ひますさぞなそなたの好きさうな、一枝《いっし》
歌語辞典ゆつくりとから投げ棄てつ肩掛けにくるまつて戸外へ
ぷるーすと、あれくせい・とるすとい、かふか落暉のいろの背表紙、天金
カフカ読みながらとほくへ行くやうな惚れあつてゐるやうな冬汽車
いかに天金と申せど千金に如《し》かめやあなた読むのは何故か
陽高くして起き給ふ視《み》給ふは鏡に映る空であるのみ
ついにけふ黄金《きん》を産まねば殺《あや》めらる吾《あ》れが鳥　虚《そら》とふはましろき

たへ忍ぶ草欲《ほ》りたまふ如何《いか》にぞや妾《わたし》はねむりぐさに埋もれて
忘れ草植ゑにける植ゑにけるその河のかたへに視ませな兄《せ》なよ

　　如何ナル民主主義モ全テノ専制ニ優越シ……

十二月二十五日の亡骸は元宰相といふが。降る雪
かれが何を成すとも朝《あした》、宰相といへる梅花は散りいそぐべし
愚劣なる桜といへど愛《は》しきやし〈民衆が残る民衆が……〉散つても
おゝまこと忙し森《ハリイウツド》のかろやかさもて踊りをる黄金の蛇
海彼国《カイヒコク》憲法を吟じゐたりける凍夜《トウヤ》　惜しまむ誰彼も無し

舞踏の後で

予めうしなはれたるみづうみよあらかじめうしなはれたる恋よ
ちらと揺れ滅ぶる夜と装飾燈《シャンデリア》妬む熾天使《セラフイム》落ちてくる空
いとも簡単にあなたが裏切つてゐる幕間のシャンパン・グラス
絡みつく視線　いら草　海の風　湿れるタンバリンに狂《たぶ》れつ
裏切つてゐるのはむしろわたくしと笑まひてなほも音《ね》は死に絶ゆれ
囁いてゐたのは細い銀の月〈死ぬほど幸せ〉だつたマグノリア
暁の未だ音楽が残されてゐてたふれかけなる繻子の靴

これの世の何がさいはひなりしならむ日もゆふぐれの湯浴み繻子蘭
　爛れ熟れける

王とかやさみしき位地のゆめを視き王とかや其《そ》も吾が手に捲かむ

老いたらば化粧じてヴェネツィアに行かうかかる誘ひにいかでか否と

つね視入る瞳《め》に浮く雲の久方のそらさへつひに領じてけりな

穏しきをけれどむかしがなつかしく、こそあらねまた雪は夜に入り

ああ水仙踏みしだいたる冬の日に何失ひし否や何んにも

更にまた歌をつくれと責め給ふときこそあなにやしの師の君

爛れ熟れけるこの庭の柘榴をば受け給へ吾が言の葉を添へ

フリージア〈春〉は乱れてうち続くあめのよるにや吾が身に寄らむ

領じても領ぜられぬが身上のひとり灯ともすをみなあるべし

うつとりとしづもる湖《うみ》を満たさざるかつて生《あ》れざる声をおもへり

猫のダンディズム

猫はわがままである

我儘をかろく指上げ責めたまふふいと、刹那に領じてしがな

猫は労働を嫌う

掛椅子に黄金《きん》のストール滴らし湖《うみ》になるまで睡つてしまふ

猫は完全な個人主義者である

海ちかく吹く風のなか尾を垂れて獅子かも知れぬ人の去《ゆ》きたり

冬なれば冬いろのみづ満たすべくかたちなき夜の器を抱けり

猫は美を好む

せよと言ふ何《な》をと応へて窓を開《あ》くすこし風ある春心地哉

猫は隷属を嫌う

気に染まぬ椿のはなをやはらかく踏みつぶしゆく〈明日〉に逢ふまで

猫は自己主張をする

雪よりあめ音無く情《こころ》なく移りゆきにき　何んとはなしの侮蔑

猫は貴族的である

此処よりは幽世《かくりよ》のみづ来《く》なと言ひ君にさへ言ひ夜毎に渡る

猫は独自のテリトリーを持つ

けふばかり人がかたへに雪を嚙むざりさりと雪嚙み猫よ去り

猫は娼婦的である

ゆふぐれよおよびの爪のしらしらと融け出だしては銀河に流れ

猫は神秘的である

※詞書は山田勝『ダンディズム――貴族趣味と近代文明批判』より引用

蛋白石のやうな諏訪湖に

いちにちが湖《うみ》にしづんでゆくからに腕《かひな》ひたして嘆きけるかも
みづうみに月が溺れてゐる宵《よ》にし人は何しに老いぬらむ早
信濃びとほのかに鮎を噛み砕くひと日限りといはばいふべし
狂へとやいふがむらさきびらうどに散りかかる雪花《ゆきはな》のこはれて
春の宵《よ》に流るる雪をそれと見よ今更恋ふと思はず言はねど

ゆめものがたり

日付けは無い

ゆふべよりよるへあしたへ流れゆく青銅いろの埃の円舞曲《ワルツ》

寄せ来たるくらき岸辺《ポルトガル》に待つ人の、神の、悪魔のどつとわらへる

アマリアは私の呼び名《〈私の中にはファドがある〉*》　ロドリゲスありふれてゐて透いてゆく海

*アマリア・ロドリゲス作詞のファド「私の中のファド」より。ファドはポルトガルの歌謡。

昏きとふ言の葉いたう好いたまふむかし《過去を持つ愛情*》、恋びとありきなゆめに

*映画のタイトル。アマリア・ロドリゲスが主題歌「暗いはしけ」を歌い、一躍有名になった。

うつつゆめいかに別《わ》く《今は夢なんか視ない》ともはるのそら覆ふ霞は吾が衣吾がころも

開きゆき限りも知らに開きける扉《夢も視ぬほどの幸福、怠惰、絶望》　つかれてひくくうたひき

ゆめなりと世ひと定めよ《〈私の中にはファドがある〉》草枕かり寝のつゆの歌をうたへる

誘ふ水

朝の陽の床《ゆか》にこぼれてわづかづつ闌けゆくらしもさびしみあへば
みんなみはたはぶれごとのうつくしきくにゆゑ吾れは棲まふのである
しよくぶつに拘泥をしてゐる午後に私を沈めたまま船出を
雪曇るくにたはやすく幸福になる媛君の物語せよ
北方へさそへるみづに薔薇《さうび》投げ愛《かな》しみ惜しみかへり忘れつ

ふらんす絵画

長椅子のふかき臙脂にをみなごはあはゆき様《やう》にまろく在りたり

ひざまづき何か喋つてゐる人に恋しいこひしい無花果《いちぢく》を

横たはる背後ふらんす窓の外伸びゆくものの騒めきやまず

魚《うを》のやうにさみしき人のうへに降る立つやささ波さくらはなびら

もの取りて呉るるに指のほそながき光のゐまひたらふ十二時

永遠《とことは》といふがあるならとことはになくばこの世に光《かげ》射すかぎり

歌集　架空荘園（全篇）

献辞記さむ楽譜は持たざれば
この歌集を〈最良の友〉に捧ぐ
――この称号はお気に召さずとも

序

そらなる庭に棲む人は、檸檬樹育てつつ物思ひもなしとや思ふらむ、そらにはそらの憂ひあるらむ。されどもその憂ひは、かげらふの羽の透りたるゆゑに、つねの如くは見分き難かるを、見分く人のたまさかありて、来たりて空きたる椅子に掛けたまふ夏の幾夜さ、妃の位も何にかは、何とも換ふまじく思ひ給ふる。

よそにては水枯るる暑き午後も、此処にてはさやぐ葉陰に、君がために椅子はあるなり。誰れにてもいづくにか、ひとつわが椅子を持てるなるべし。されば、この集の庭にそれ見出ださむ人もいくたりかあらまほしきと、ささやかにわが願ふ。な忘れそ。

フムフムランドはつねに眼前に在り。

フムフムランドの桂冠詩人　キノメグミ

I

春のはじめの歌

からころもなれし吾づまを離《か》れしまま如月立ちぬ故里とほみ
くきやかに眉根は夜の月の様差し出だすさかづきを飲み干す
やま路来て菫《ヴァイオレット》といふをんなありしをおもひ出だし、そのほか
まこと空に春来にけらし空に鳥ほらしら鳥がわれらわらへる
のがれ来しこころ虚《そら》なりなほ虚なり高みなる陽《ひ》は瞳なる陽は

四月の雨

イタリーに来て裏街道突つきつてそなたにあひに来ました春よ
雨がふるさへうれしくて四歩五歩とむらさきさうびけふ芽吹くらし
百合や草ぐさ卓上に吹きこぼれブルー・ヘブンを愛で歌ふこゑ
マチネーといふ語響かせ帰りぎはゐやせしたふれかくるが如し
マンダリンかかる響きの雨の日の籠もらふこゑに契りたまふな
飲み干せば明日があるといふ如く珈琲《カアフエイ》注ぐ右手をおもふ
エイプリル・シャワーがうへを過ぎてゆくかそけきものを今は想へな

退屈な春の頌歌《ほめうた》

ゆふぐれよあまり幼なにほめたまふ春を私をみづからを、君
　　木曜の午後、金曜の夕べ、土曜の朝
あをい花床《ゆか》にあふれてありしゆゑいまは忘れぬ忘れてけりな
　　快く跳ねる会話
リフレイン好きの私のために注《つ》ぐシェリィ南に難船ありし
　　あつい太陽
まるで霧のやうに曇れる酒杯哉亡き人かへりなば上げなむ
　　すこしつめたい雨
かつて実を結ばぬ枝と言ひさしの杏子の花は散り果てにけり
　　好意を抱く人々
身を捨つる程にあなたは大切の漢字ばかりの詩集を抱く
　　少々の野放図
シェリィまたシェリィを注《そそ》ぎ太平洋南半分呉るるが如し

夜も昼もあなたを思ひ退屈の余り苛めてしまふシャム猫

まこと雪吾がみのうへに降ると思ひ思ひつつ過ぎてけりな櫻や

未だ夏にならざる今宵何んにせよ失くば失いまま更けてゆくらむ

何ゆゑと問ふも今更　温《ぬく》められ然《も》えたつ春の地《つち》　口遊《くちずさ》ぶ

それでもと引きぞ留むる春を人をいづれをぞ　ささ知らぬ朝風

遊女詩思

さみだるるゆくへ知られぬゆふぐれや恋しき人を星の数持つ

汝れがため海傾けていさかへば　汝れが為とはつまりいつはり

夜の秋ながらかたへに在りたまふ人をや何んと呼ぶべかりける

水疲れ知らぬおよびにつまみあぐ近代ふらんす風ながき裾

玻璃ひらき汚れ水棄つごと棄てし吾れに似合はぬといふそれかれ

春や秋なべてに飽くる吾れなれば地に百日紅《ひやくじつこう》を散らしつ

名付くべくもあらぬさまにてもてなさむ殊更びてや誰をつまとか

けふこよひあしたとことは続けると神さへまことならねば言ふな

散歩の前に

装飾性つよきをみながとほりすぎあぢさゐはつか色を忘れぬ

不意に鎖す扉のやうにワルツ弾く吾が朋ゆめな忘れたまひそ

既に棄てしにあらざるやあやゐ笠君が愛せしゆゑにすぐさま

いちぎやうですらりと歌をつくり棄て長い散歩に出ようとおもふ

雨が降るかも知れぬから。すこしづつ韻き失ふピアノのやうな

長い散歩

雨そ降るワルツ聚《あつ》めてゐるのみのピアノ弾きにも楽譜売りにも

指をおくやうにしづかに旋律を束ねて長い散歩に出よう

日曜はまいて頼めぬわたくしにあとは頼むとああ大鴉

このそらは汝れがうへにもつづけるとゆめ思はねど　やはり思はぬ
つゆに濡れゐたりし草を吹きながら西には塩湖干上がらせゐる
天蓋はただいちにんのために在る花折る人の孤絶のために
わが従姉なよ竹のとかや名告りゐし群竹さやぐ遠の世にそよと
王女死せし砂漠のうへを吹き来しに吾がほそ道の火の躑躅揺る
ろうらんに連帯をして滅びたる国の名唱へ梅雨に入り夜へ
劫初《はじめ》から裏切つてゐるわたくしになほ在れよとか耳を打つ雨

図書館・西欧史の棚の前

天金のひとそろへさと見渡して過ぎぬるまこと暮れてゆく空

此処は林うつとりとしてしづもれるあひだ祖国は小揺らぐらしも

重たさが好き二三冊放り込み樹々よ青空掃いてゐる樹々

ディ・メディチ呪文のやうに呟いて抱へ階段降《くだ》りぬる四月

二階から三階へ昼きしみをる階段なればすれちがふ　精霊《ジン》

列《つらな》れる文字いちやうにうつくしく、春の野と思ふ　吾が思考《かんがへ》も

天井に近く『花の都《フイオレンツア》』咲きゐたりのうぜんかづらひたと這ひ寄り

カードには誰れの名前もない本をつぎつぎと手に五月六月
嘘はいよよしら玉の歯をうつくしうすると遊女が絹靴下の
その本はさつき私が　青に黄金《きん》『高級遊女《コルティジャーナ》の誕生と憂鬱』
あたらしさ求《と》むるとぞ聞く御身さまは『歴史』はお好き？この薄紙の
ルネサンス・イタリア風に礼《ゐや》をして去《い》つたり鳥打帽の男が
夏を掌に持ちゐる如しぢきに来る時節のやうなそなたの手紙
しんぶんを広げて吾れを視ぬ人を玻璃をとほして視とほす夏に

II

Sole Mio（私の太陽）

すこしまへ死にたる人の恋歌を三字直して押しやる　夏へ
つひになべてそらへ消ゆると言ひしかどそらには神が　ある　かも　知れぬ
わたくしはぬくき髪持つ美人ではないがさりとてぬくき髪持つ
とこしなへ生くるにあらぬさいはひに　さうは言つてもこのぬくき髪
ひるがへる裾のかろさの踊り手は　ブロンテ、あなたより何を持つ？

〈あなたより遺産を選ぶ〉手紙書く女にわづか似てゐる夏は

うす布を風に流して避《よ》くる〈陽《ひ》〉としかし芯から惚れあつてゐる

架空荘園

荘園を田舎に持つてある如く首傾けて会釈するかな

〈木苺の王様〉といふ遊びにて仲違いせし十四の従姉

じふねんはまへなる雑誌背表紙のさまざまに色替へて在るなり

野うばらの川辺に咲きてゐることを確信しつつ見に往かざりき

かきつばた取るため湿地分けてゆく木舟は昼もそこに朽ちつつ

古びつつコテージに這ふ木蔦そのままに壁紙模様色褪せ
シャンパンを贈らうとする午後にして風邪《ふうじや》はすこし吾れに留まる
シッダルタや西行のことすこし思ふふかくは思はず五月昼寝《ぬ》る
そのほかは病もあらずすこやかに　婚礼の口上言ひにあらぬぞ
真夏なる会議場つと抜け出してスティーブンスン、ガラスのテラス
わたくしの荘園へ是非　招待はこよひ空ごとなるゆゑに美《は》し
石だたみ足音《あおと》響かせ連れ添へば世界を流離する二人《ににん》なれ
わたくしは子供嫌ひでありますのとりたてて責め給ふな　山査子

あら柳かうも芽吹いて広ごりてそなたをらぬが何がなし善し

ヴァニラ・ワルツ

わかるれどうれしくもあるかこよひよりあひみぬさきになにをこひまし　みつね

恋歌は苦手でさうと歌ひとに言へる恋びとありと思ひきや

このゆふべ花火があると囁いてゐる小路にはてつせん匂ふ

オールド・ファッションド・ヴァニラ・アイスを舐めながら皇帝《カイザー》のこと噴水のこと

レモネード・あひ見ぬさきの午睡・汽車・氷つた海のいきもののこと

別るれど嬉しき人のあるままに夏を重ねぬ春秋も冬も

千ガロンの紅茶を費やす友情について

人類を信じなくなる午後のためこのニルギリは手つかずのまま

信ずとはもともと持たぬ真珠かな贈られてなほ床にうちやる

夏の午後また夏の午後語りてはならぬ数多《あまた》と曰ふべき数多

どちらかが先に逝く日の朝を言ひまたひとりなる夕べをおもふ

掌《て》に荒野《ムーア》ある如し汝《な》は　緑なすもののさやぎに言絶ゆるとき

FANTASIA 'DANDELION WINE'

「あなたは本をお書きになればよかったのに」
「まああなた、わたしは事実書いたのですよ」

夜の蟬何して夜を過ぐすらむさういふことを考へてゐる

身のめぐり玻璃戸めぐらしかそかなる蟬しぐれなほ浸みとほりくる

「……あなたはどこに行ってみたいの、ご自分の人生をほんとうはどうしてみたいの？」
「イスタンブール、ポートサイド、ナイロビ、ブダペストを見ること。一冊本を書くこと。紙巻タバコをふんだんに吸うこと。断崖から落ちるけれど、途中で木にひっかかること。モロッコの真夜中の暗い裏通りで数発の銃弾を浴びること。美しい女性を愛すること」

未だ夏はめのまへにある陽を注ぎ蜂の羽音にかきまぜられて

文に代へ碧瑠璃《へきるり》連らね贈り来し人によ夏の氷《ひ》の言葉遣る

「きみはまだそこにいるんだろ？　きみたち、あの都市のひとびとはみんな午睡《シエスタ》のはじまった時刻だ。商店は閉まり、小さい男の子たちが富くじを売ろうとして、国営富くじは今日までだよ！　と叫んでいるんだな。きみたちはみなそこにいるんだ、そこの都市の人たちは。わしがかつてきみたちのあいだにいたことがあるなどとは信じられん」

七十年前にあひたる吾れのことしましかんがへたまはばうれし

白鳥の皺寄る水に浮きをりしかそかに思ふ皮膚のささ波

「どんなに楽しくとも、わたしたちが過ごしてきたような午後を、またこれ以上経験することはできないとおもうのだけど、あなたはどう？」

千ガロン紅茶つひやし夏にあふ幾つもの午後幾つもの午後

＊from 'DANDELION WINE' by Ray Bradbury
北山克彦訳（晶文社）

指揮者の憂鬱

バリトンはしづかなる髭歌ひ出しつねに過《あやま》つ癖持ちながら
ノーブルな菓子を崩してゆくやうに歌へテナーはさうゆつくりと
夏は夏に心満ちつつ歌ふかな没り陽のやうなコントラルトが
うるはしのコロラトゥーラに導かれ黒森まよふ夢を昨夜《きぞ》見き
我は我さはさりながらさりながら〈れぞんでとる〉といふではないか

海との結婚

マホメット二世に心近きかな銀の細刃を購《か》ひに街区へ

精神の自由尊《たっと》び愛よりも無論尊びやいばを磨く

十字軍フランス騎士が黄金《こがね》なす神の御手言ふ　まさか本気で

御心のままに死ぬるか御心のままに船荷を失ふや　否

たそがれの海の都の亜麻色のコルティジャーナの弾琴のこゑ

イン・シ・アッラーあらゆる神と契約を為しつつそなたとも片時の

獅子殺し左様呼ばれて手を預け船を離《か》れしか黄金《きん》のゆふぐれ

コルティジャーナの端唄

有りといふとも無やといふとも同じき露の稲妻なほぞこひしき
つゆなれや仮り世のいとま遇ひ初めて離《はな》れ難《がた》なう舟歌うたへ
神よりも獅子よりもなほ現《うつ》しくてうつくしうあはれ皮膚のささ波
離《か》れてうれしとはまことなれいつはりの一分二分そはまことなるらむ

*

刺すよりも逃るるぞ快速帆船をこよひ仕立てて西風に乗り
君を離《か》れ波幾重離《か》れやうやうに息吹きかへす沖つ白波

愛人を喪ひゐつつ座して議す君主制下の……花々散《フイレンツエ》らふ
ヴォナパルテ来むまで二百年少々坐して議すべしかつ謀るべし
共和国政体のなか元老院《セナート》の吾が朋占むる席のびらうど

夏の夜さり

来《こ》ぬを待つ夏のかはたれ連れ立ちてまへをゆきたるあはれ若子《わくご》ら
遅れ癖侘ぶるにあらねやはり侘ぶる侘ぶるぞ此度《こたび》ばかり待つとも
忘れ果てぬらむとはゆめ思はざれ居待ちの月を立ちて見るかな
来《き》ぬつよう詰《なじ》りもやらで恕《ゆる》しつゐ、と見ゆるともご油断あるな

女、かへし

遅れぐせゆゑ離《か》れたまふ世あるとも恨みじやはり恨むであらう

なべて愛にて片が付くゆふまぐれ女伯爵御領の件も

歌ふとき裾を気に病むソプラノをほのほの妬む夏の夜《よう》さり

醒めしかと夢に恐れつ陽のぬくみ夜に残せる石橋渡る

足裏《あうら》より夜のぬくみを身にあつめ渡らや限り知らに其《そ》の橋

Happy Arabia

古代からまた近代を切り取つてつくづく詠めば世は明け方の

いざなへる剣のごとく三千の草の葉そよぐなれど戦《そよ》ぐな

放棄することたはやすく拾ひあぐるも　錆びてゐる渚のナイフ

回線はきしきし痛みゐるゆふべ　ハッピィ・アラビア、ハッピィ・アラビア

民族は民族を逐ふゆふまぐれなほ吾が妻は寒のみづ汲む

あかときの街路にうたふ霊歌よりつよきものあるとは思はざれ

縞馬《ゼーブル》に

妬まれてゐながらものを嚙みながらゆるく右手を泳がせて呼ぶ

縞馬《ゼーブル》のやうに陽気な友だちを河畔に置いて忘れてきたが

わが魂は君がかたへにこれあれば螢みつよついづらの媛が魂

湿《しと》る皮膚めいめい持ちて扇子《しゃんつ》また手ごとに持ちて七月闌くる

さいはひに海峡つねに蒼みわたり来てはならぬと喚《よ》ぶ波がしら

夏去《い》んぬ嫉み去んぬるいざよひに文を遣るべう白萩料紙

身めぐりは燃ゆるがままの秋なれば緋に橙《だいだい》に思ほゆるかな

八十路なる光源氏を試みに思ひ浮かべて　秋は早かれ

　チャイコフスキィの思ひ出に

ほつとしてゐるやうでもある唄流れ〈かつてのやうに私はひとり〉

ゆふぐれにかならず吾れを待つ人のあるにもあらずなきにあらねど

木のベンチ真昼のやうに固けれど折ふし休みまたかへり書く

音楽が吾れを去るより先んじて闇夜の川に往なむとおもふ

〈最良の友に〉

楽譜には献辞記されこぼれたるインクのやうに偶然である

都を燃やす

たつぷりのレモネード置き熟睡《うまい》せば愛してしまふでせうよ世界を

影なれば鏡の中に燃えてゐる都あるべし　正午目覚めぬ

ほんたうにまさか炎を投ぐるとは紫の衣《きぬ》の夜の右手が

愛すると言うてゆつくり毒を差す三度目の妻あをきまなぶた

火を投ぐる腕《かひな》あらざれ吾が裡《うち》はいくつ都を滅ぼして秋

死屍累累たりとほほ笑む詩女神《シジョシン》が。吾れはあやめし覚えなけれど

あるや知らず〈愛は試みず〉とふ聖句泥金をもて空に書かれよ

其れは強ひず奪はず焼かずアカイアの湿れる風の如く慰む

神たるを天職とせしをとこ来て〈吾が後世《ごせ》は君のまへなる鶉〉

深草のうづらがこゑや吾が身にはあまたの影が添へる見らるや

わたくしは書物と結婚してゐると答へたまへり燃やしてしまへ

冗談よほんたうは夏ももゆる火も嫌ひ　まなぶた影さして曰ふ

〈シロッコが熱病をもて街を焼く〉かかる記述と再たレモネード
喪失ののち現れてゐまひする神とは呼ばず音《ね》の如きもの
　夏が死ぬ夕ぐれ
水に挿したる薔薇のはな散るとなく在り続く在り続く幾夜さ
異人《ことひと》に文書きたまふかたはらに小鳥縊らむ謀《はかりごとし》為き
かれへ遣る歌を盗みぬ一字変へ素枯れ薔薇《しやうび》に結びて遣りぬ
神も死にたまふ夜あらむ夏が死ぬ夕暮れ吾れは鳩放ちやる
吹く風が在る　大気をばはらみつつ在るアラビアの喪服の女

III

ひとりの mayor と幻の議院内閣制と
世界で最後の皇帝の歌

政治的観点に立ちさし出だす右手《みぎて》　嬉しやけふのお目もじ

面長き議院内閣風髭の君主制擁護論者煙草を

島原や mayor は今禁苑に emperor とゐて火の疲れ言ふ

女東宮《によとうぐう》あれかし庭に雀の子遊ばせてゐる二十五、六の

大臣《おとど》そこな足下《そつか》に生ふる忘れ草繁《しじ》に恋ふなる吾れに賜びてむ

いにしへゆまつりごととは遊びなれどうせ潮《うしほ》の凝《こ》れる洲《くに》なれ
衆愚まるでゆふ立ちの音さはいへさはいへ未だ欺き果《おほ》さで
うつくしき言を尽くして争はむ議場に腐乱柘榴の灯《ランプ》
アポロンの演説をしてふり乱す髪だにあらば愉しからまし
倫敦《ロンドン》に鬘を借りに参りませう吾が代議士に言ふであらうに
詩人より衆愚は信頼に足る首相迷はずに言へ（何かは知らね）
リベラルな娼婦《ココツト》であるわが党はまた俗物《スノツブ》であつて今日《こんにち》……
ダウニング街十番地指し示す夫人の右手《めて》や黄色《わうしよく》のくび

首の皺さへいとほしの漂へるシャドウ・キャビネット・シャドウ・ドウ・ドウ
葬列に連なりながら敬せざりけりまことには君を識らねば

デズデモーナ

「おまへにふさはしいだけの誠実を世界は与へるだらう」
「私は私に要るだけの誠実を世界から取る」

真実《ほんたう》を生きよと吾れに言ひますが〈だんな様〉とはどなたのことよ?

フェミニストに。

男たるに付きて一冊本を書けそのひま吾れはヴェネツィアに寄る
サン・マルコ広場に立つてゐた晩に私がつくつた。泥の結末
わうごんの獅子とふ暗喩掲ぐれど海はヴェネツィア嚥み下すまで

わたくしがわたくしこそが吾が身の主《あるじ》柳よ柳うちなびけども

笑むなゑむな疑はれなほ何んに笑むそれは勿論この世のことに

あまり当然すぎて柳《歌うたえ、柳、柳と》がわらふかな〈一部であつて全てではない〉

上海の春にわらへる柳かなあまり潔《きよ》くは生きたまふなよ

美神君《ヴィナスきみ》わたしを見棄てたまひしは恨みず見よや柳あをめる

この妬みアウフ《もう飛ぶまいぞ?》ヘーベンしてみよう黄金《きん》の蝶々が飛ぶかも知れず

夏の妬み月の光に宥められそれでも誓へ誓へと吾が舌

誓はずとよう御座ゐます吾れは吾がならぬあなたに吾れを求めた

裏切つてしかも生くるが愉しみよあなたもきつとさうだとおもふ

＊

摘み取れよ葡萄の房を摘み取れよ心に未だ秋は沁まねど

片《へん》言《げん》

ひむかしに帝国はあり滅ぶるが望みと文を吾がもとに昨夜《きぞ》
晴るる夜に妬まるるこそ嬉しけれさりながらふと庭の樹想ふ
「吾がことを歌ひたまふや」「汝がことも。はたそれならぬなべて。夜明くる」
枝垂るるはにんじんの葉のふかぶかと緑暗んでゆける身ぬちや

金泥に葡萄象る絵師は在れかれはさみしとゆめに吐かざれ

千の切先ひらめいて朝が来てコモン・センスが扉《ドア》を蹴破り

新しきものあるといふ販人《ひさぎびと》黄ばみたる絹置きて去にけり

かまきりの仔がゐてあをき飛蝗《ばった》とぶちさき草地をきつと購はう

三つの黄金

あなたとふ存在を賞で秋の陽の黄金《くがね》をも賞で陸《くが》澄み渡る

黄金《きん》の菊うつろふごとくうつろへる人こそ足れりふさへり秋に

みづうみに散れるわうごん見果てなむ見果つる日にも在りやかたへに

月に溶くる

すべり落つる砂ゆくさきは知らねばや心名残もゆめあらず落つ
木蔦にはみどりあやふき心もて近寄る刹那波立つらしも
月光に身の溶けゆきし蟹のこと身近き姉のやうでもあれば
うるはしく離《か》れなで海士《あま》の足たゆく波うちぎはの去《い》つたり来たり
在れと曰ふ月の迎へは如何せし歌をうたつて在らうか暫《しまし》
あまり似る魂ゆゑふたつながら召せ朝鶏鳴かぬ先に疾く神

Ⅳ

よるのがらす——生成と変化の停止——

しろがねと蛋白石としら珠と砕きたる如此処に雪降る
来よやとは言はで別れきはだれ雪落ちてくる湖《うみ》ふかきほとりで
外つ国の記念《かたみ》とかねて聞きしかげ人刺すしろがねのうるはしき
港まで夜を迎へに。うつしよの夜を被《かづ》きてかへれる人を
楊貴妃皇上《ヤンクイフエイおかみ》を憎みゐしことは吾か朋知らぬさまにもてなし

ほそき滝見ゆるかそかに思ひ出づる前《さき》の世残んの紅葉散らへる

判断を過つをとこかたはらにステンドグラス好いたる女

あな尊《たふと》 true　うそつききりぎりすすみわたる夜涙雨《るいう》晴難《はれがた》

恋をせずなりぬる乳母《めのと》抱きかかへをるは昨日丸といふ児ぞ

秋を去り春へゆくときしろがねが炎《ひ》のかたちして在ると思ひにき

あらたしきはなけれどうつくしうてある今年《こんねん》はいと愛《を》しいとほしき

窓に来て篝火を見よ海を見よ　されど吾が君向かう側など

去《ゆ》きてまた来たりぬ玻璃はうち震へなほわたくしを透さざりけり

時とふはあらざり此処な雪を見よ融けずて去《ゆ》かずさりながら雪

乾杯の歌

どろにほふ河のかたへを通り過ぎそのゆふぐれのそなた目指しき
うるはしきそらとふものもあるものを黄金《くがね》の水をくみたまへまづ
じようだんからうそか知らねど恋せしと箸のふくろの裏に書く和歌
だいあろおぐあきらめに似て照る月は言葉の海を笑つてゐるのさ
いたりあに航く飛行機をつかまへて　かへらぬことが肝要である
とほくから吾が名呼ばれてゐるやうな低くしづかに右の手を挙ぐ

はて知らに吾身の海は月を流し今こそ噤んでしまへゔぇねつぃあ
なつよそれ私が追つてゐるものはさかづきにそなたに夜のうたに
にはかなるいとま乞ひする人のため夜はたちまち崩えにけるかも
かはたれゆ暁《あ》けに至れる言の葉のさまざまかかへかへりゆくひと

書簡集

実なき人に。クリスマスには愛、なれば

クリスマス・キャロル唄ひに来し児ゆゐ実なき君も今日は恕さむ

＊

東海道を東に下りしとき、人に遣る

うつつにもゆめにも人にあはぬかなあづま路までは恋ひずやあらむ

また、西国に在りしとき、同じき人に

あづま路は遠しさもあれこの度の内つ海さへ越えぬ夢路は

＊

〈理解〉と〈共通の思ひ出〉を有するに至つたむかしびとに。賀状に書きて遣る

さまざまに過ぎてし花やこの春もむかしの春も君をこそ思へ

かへし

過ぎにけるむかしの花もふたたびの春にしあへば匂ふとぞ聞く

またかへし

春はなほ石山寺の梅苑の〈思のまま〉の発《ひら》く日に待つ

またまたかへし

待つといひながら待たぬが御癖の思ひのままといふはまことか

さう言はれればさうであるので（私は頼りない）

春さへも何かつねなる飛鳥川明日はいつでも夢であるのだ

さて、会はずなりにけり。

＊

北に在りて、雪のすこし降る日に、気比の松原を見てあれば、知りびとに偶々ゆきあひぬ。いかで、かかる人気なき所にて、と不可思議なることなりし。そのまま連れ立ちてゆくに、向かうから、西洋人のふたりづれ来て道を問ふ。吾れは国文学専攻なれば、横文字はならはねど、なんとか答ふ。傍らの人はあてにならぬぞかし。吾れより更に国文学専攻の人なればなり。その外は人にゆきあはず、敦賀はいとどさびしき冬風に、暮れゆく海の景色もの心細げなりし。
後の日に、その人の許より言ひおこせたる

思ひきや雪踏み分けて松原に寒さ嫌ひの君を見むとは

なほうつつとは定めがたくて。かへし

君に遇ふ気比の松原寒からで波の華散る春かとぞ思ふ

贈答歌は人を褒むべし。

清夜吟《きよきよのうた》

月なくて慎しみをする人の辺《へ》にわたくし在れどそよろちり、風

詩　邵雍（宋）

到らざる里のおほさに足弱る神父《パードレ》柿をそれ召さいよの
天に在すなにものも無し君が辺を我家《わぎへ》と為さむ地はかげろへり
心には思はざれども言ひ出だす離別多かり天と地と秋
處狭《せ》き散り桜葉をかきあつめ火《とも》し女童《めわらは》何葬《はふ》るらむ
風の夜に雨も添ふべし来むとふに来なと応《こた》ふるまでのらくえふ
来たり、見よ、身は君がため細りきとそら言を告《の》す仙人掌《さぼてん》発《ひら》く
水を恋ふるごとき月出で去るやうな来たるあなたであると言はるれ
面《おもて》上げ唐風《からふう》に結ひ百官の並《な》みゐるまへに誓ひ詞《ごと》為《す》も

時は去らず羽をうち捨て衣《きぬ》を着け此処《ここ》にあらうと言ふかも知れぬ

F氏の休日

みづからを卑しむるにはあらねどもいまもびらうど好きの吾が妻

正月の残んの数の子を喰らひ私はけふも多義的である

ためらひの指づかひにてピアノ弾くタンゴ・ノワール百合子は庭か

〈マンデリン〉珈琲店に響かせてみる風邪のこゑたそがれ疲れ

台所嫌ひの女友達よスイス・ロマンド・カンゲン・ガクダン

白鳥月

君を思ひまた君を思ひ君を思ふくやしかれどもひと日君思ふ

そのかへし

ただひと日なりけむまこと思ひしは今朝ひむかしを向きて発つ鳥

この月の月大き過ぎ華やかに恋ひや死ぬると人通り過ぎ

枯れ枝に枯れ薔薇《シャウビ》挿しこの月は果てよ果てよと思ふばかりぞ

白鳥を見しことなけれ帆船のやうなるものと思ひゐたれ　夜々

白鳥座あるらむ薔薇座ある如くパリにオペラ座漂ふ如く

船は指す東北東に棲まふなるきはめて異例なる大白てう

かれ見れば冬越ゆるべし掌の中のおとろへにける私のつぐみ

大いなるみづうみ氷る国を訪へ裁きを決しかぬれば判事

何かかう北にはばさり断下す白鳥が棲む如し　火を焚く

しろがねが降《くだ》るこよひや軍議為す如くさやけく向かひゐたるかも

家族の肖像

じふねん余お慕ひ申し今此処に誓い詞《ごと》為《す》もなほじふねん余

切りなむと思ふ枝あれ切らざりきそれがわたくしそれがわたくし

呪はれてさうび育たずなりぬらし兄媛《えひめ》が継ぎし地にせめて雪

かたはらにおゝかたはらに小さきものあらしめたまふ老《おい》大后《おほきさき》

弟媛《おとひめ》は俯きがちの常なる人さはれ父君かなしびたまふ

兄媛夜毎あそびしたまふ笛吹きの少《わか》きを近う召して栗賜び

少からぬ三輪の男神《をがみ》と弾き合はす十三弦は祖母《おほはは》譲り

かなしみも派手やかにする君がため大白鳥《おほしろとり》の累々の雪

今更によそ人思はじ神杉の旧る仲らひにひそと積む雪

現世《うつしよ》を継ぐ弟媛に手向けよと男神が置いて去《い》にし濃き色

紫色のある風景

あかるさや君があらぬをふと思ひやがて忘れてけりな小枯野《をがれの》
かがり火はいくつもの没り陽茜さす言の葉沈めながら黙しき
ねを絶えて浮くべき世にし存《なが》へて伊予迄来つる筑紫までいさ
さらばひとり御身《おみ》尋ねてむ空《くう》をうつ裸木《らぼく》の果ての冬の星はら
するたんのごと言ひたまふあらざりと紫花野ありとおもはむ

行くであらう

大通り《グランブルヴァアル》見遥かす駅正面のすぐなる心にはあらねども

彼処《かしこ》行きたきをいづれの冬汽車の緋の座席占むべしやわたくし
（あは雪をいかほど連れて行きませう昼も眠れる伯母さまのため）
（緋の遺産狙ふ姪御が来ましたと看護婦が告ぐらしも日向《ひなた》に）
其れと告げられ灰色をひるがへしひとすぢの緋の列車選みぬ
行くことは疑はねどももしや行かぬ　玻璃うす汚れ彼方冬ぞら
行くであらうかれはますぐに指し示す急行列車、土地の名、土地！

コーカサス地方の挿話

雪道に馬車横倒し　道連れはおまへのやうな男であらう

〈駐落ちの先コーカサス〉走り書き寄せし女友達ありき

肉厚の臙脂のはなのゆふまぐれ卵売り外《と》を過ぎゆきにけり

かなしみに駆られ一冊本を書く八等文官煖炉脇にて

水の上に赤味帯びたる星の夢見きとも今は誰れに言ふらむ

なんとなし慰めとならう春明かきコインブラには大学がある

〈パリへ行く〉口走るとき鞘走る共同経営者風の口髭

みづいろの航空券を手渡せり髪は茶、　眼は暗むはしばみ

此処に雪なけれコーカサスと呼ぶされど滅びむとまで思さず

雨に更くるわたくし待つと知らざりき恋に重きは置き給ふなよ

十年はあはざりしかどこの次の十年のためるりのさかづき

言霊《ことだま》を称へ其の君かへりけり信じてしまふ秋の夜と言ふ

ぽるとがるろしあふらんす何処にてもあなたを思ふためにふみ書く

（あなたのことではない）

ハッピィ・エンド

結末は誂へられて既に在る白き裳裾の裏汚れつつ

重りゆく裳の裾曳きて婦《をんな》らが立てる地涯《エンド》を佳《カ》と覚さずや

リストランテ賑はふ黒のをとこらが白のをんなら片手に支へ

生涯を守《も》ると言はるる朋に言ふラーンスロットにあらなくにかれ
支へつつ支へられつつ支へあはぬすゐこそ言はね明《さや》けの月夜《つくよ》

ノルポワ大使日録

わたくしの書斎机にうち広げ欧州地図のお好きなあなた
大使館時代はふみを二三通ひととせに船便のついでに
花がすむふぁー・いーすとの島山にちひさなお菊さんがゐるらむ
旧き友あらたしきつま役立つといふ政治的観点をもて
訪ねける首府をかぞへて誰やらのシルクハットをふと踏みつぶす

彩色された肖像画

わたくしは変はるみづゆゑしろがねを映しをるなりしづかに湛へ
発覚を恐るるあまりくろがねを棄てしほろほろみづ流るなり
みづがねにしづむひかりを放ちゐるそれにいかにも縋りをるなり
うつせみのうすごろも購《か》ひかへり来しまめ人にけふ茶をもてなすも
三日月の濃きオレンヂに問ひ詰むる　なほいかなればかくなりつるぞ
かめのぞきいろの女を待たせをる如く青島麦酒《チンタオビール》の晩餐
子を持たぬ貴族の妻が書きさして文を破《や》るらむ火色の七時

左右《さう》にしてかくとは言はで十年《ととせ》経てなほ十年経む見さいよの彼女《かれ》

置き去りに去られあしたが在ると言はれ白桔梗《しろききちかう》のしらばつくれ

いついつと定めがたけれ次にあふ宵冴えざえとしたる藍靛《らんぢやう》

黄金《くがね》はや桜のはなと恋びとと在らぬ世願ひうとりと寝つる

インディアナ・ポリスの従兄絵を売つて食つてゐるとかはや在らぬとか

ふた藍の指貫《さしぬき》忘れかぬるともあづま路下る空手《からて》に下る

　朝《あした》から夜、夜から朝

不幸せなゆめをのみ見き醒めしかば暁はタンバリンの身震ひ

わがうへに夏在るや今うたがひは青蕣《あをあさがほ》の如く発《ひら》かむ

ヴェネツィアかヴィエナ択《えら》べと言はれたるふたつの街を右手《めて》に左手《ゆんで》に

どちらかと問へばどちらも。さう言つて朝漁《すなど》りに行つてしまへり

千年の憂ひは息《や》みぬこの二日三日かなしきは海に携ふ

ひまはりを来るたび讃むるほそ指の女その名は忘れてけりな

ちからある言従へて真向かはむ日盛りの白金《ハクキン》のをみなに

水を撒くちひさき虹の立つこともゆめであらうが蝶に水撒く

わうごんの花びら漬くる酒を賜《た》べ半地下室にまよふ夕光《ゆふかげ》

吾れも人も「両方！」と喚《よ》び〈ルレットの赤と黒〉亭階段《きだはし》降《くだ》る

かしらには夏の夜の霜　月ゆゑに　人世《ひとよ》のゆゑにあらず冷たし

明くるころ〈世界を好みたまひしが世界はかれを妬みぬ〉と彫《ゑ》る

曙《アウロラ》の袖つかまへて源氏言ひさうなひとふし忘れかねつも

Ｖ

円環

陽に透いて三千の花ほほゑむに何をわづらひたまふ御手賜《た》べ
愛を言ふはかなかれどもつゆなくばつゆもこの世にながらふべしや
わたくしは虚《そら》。さざ波の花びらの遠《とほ》のらせんにめぐれる精神《こころ》
汝れはまた吾れでありかれ梓弓春をめがけて引く一刹那
波といふ暗喩をにくむ。陽を浴びる緑のベンチのやうなのが好き

既に暮れしいくつもの秋いくつもの春わがために来るにもあらぬ
フローラよさうは言つてもいちにちがすこしづつながあくなつていく
いつあひしいつに別れしそのいちにんけふめのまへに香久の実を喰ふ
樹木崇拝！　絶対一神教以前私はもつと気ままであつた
身は溶けて地《つち》になりぬと響かひぬ点々と菜の花の曙

はるかすみ

しろきまろきちさき花びら落つてゐる十二時過ぎに扉を開く
凪ぎ果つる野の浅緑見遥かし見透すやうに揺れつつ歩く

共和国政体といふまぼろしや民主主義とふはるかすみやら

愛をいふゆゑ吾が妻は薔薇色の弥生の霞衣《かすみごろも》をけふ着る

ビジイ・スプリング

ひむかしに文を遣り西にあひに行く春やかすみのたつを見捨てて

エイプリル・フールも思ひのままに生き十三人に〈あな離《か》れ難《がた》〉と

引退をしたる海軍大佐よりもたらさるるが野うばらの花

あなにやし可愛少男《えをとこ》を待ち試しゐる春の帽子に幽《かそ》か風受く

あひたうてをれぬにはあはであらばありてすこしうれしき人にあふなり

会話する夕べ無理矢理会話するこよひ喰ふべき海老の髭まで
この世去る日のことそまづ言ひおきて酌み初めしかば思ひ初めてき
吾が雛の段のまへなる白酒を酌みおほむかし、けふの如かる
うれひとは春の心にあらなくに風邪《ふうじや》の君が何言ひ募る
如月は仏陀痢病に見罷《みまか》れる月なりいよよ花散りやまね
寝足らはぬまなこ掲げてい行くとき大通りなる千のいら草
樫の木と鳩あらば人あらでもやこの世たぬしと思はざらめや

聴衆に捧げるリート

難解に
ギリシアめく文様を持つ粗布《あらぬの》に頭《づ》から隠れてしまふ探すな
煙に巻いて
スラヴ名の革命詩人イタリアの政治思想家用ゐ煙《けむ》巻く
モダニズムを本説にして
わたくしの読書傾向愚茶愚茶の冬のわたつ海蝶も溺れつ
古典に戻って
亡霊の恋びとを持つ歌ひとが一巻《ひとまき》呉れぬ吾れに読めとふ
わかりやすく
ほんたうにあなたが好きよだからその吾が歌読んで頭痛したまふな

君を尋ぬる歌

渡らする為存するにあらざりけりそなたこなたのあはひの水は

詩　高啓（明）

水鏡砕くがに椿落つたりな三年前の恋びとおもふ

又ゆめを見つると言うて欺けば欺かるると知りつつゐまふ

渡りきと確《しか》と思へどささ波のさらとも立たで水面《みなも》夕星《ゆふづつ》

水に棲む如かる君の思はるる袖ゆらぐ藻の、言は水泡《みなわ》の

看ざりけるひと日、看るべきまたの日は雨降らば雨織かれと思ふ

花降らばうす墨に降れ君知らぬむかしの春の妾《わたし》を葬《はふ》れ

還り逢ふ来世の約をせむと言ふバニラアイスの崩ゆる昼言ふ

看たりけりかばかりにいと嬉しくてうち忘れける扇子《しゃんつ》いづこや

花を看よわたくしを看よ希れなるや今生といふ春は希れなり

春天了衣《はるなりや》はかろく遣る文はあさみどりなれそのあさみどり

風に吹かれたちまち文は到り着きぬわたくしは未だ泥《なづ》む路踏む

江は碧《みどり》ふかきみどりに思はるる眉《まよ》、かろげなるつねの立ち居や

上天に上機嫌なる嫦娥あるかれもたれかにけふ逢ふらしも

路上的《るうじやんだ》柳色青青《りうすうちんちん》たぐひまれなるけふの日にあらずとふとも

不機嫌の眉《まよ》のくらきはなつのよのそらのふかみのはたうつくしき

覚めしのち　去《い》にける春のゆふやみのあるかあらぬの笛の音思はむ

到り着くいづべの地にもあふれゐる灯の砕片ととほい断崖

君は些細な花びらを受け礼を言ひ洋琴《ピアノ》を勧め酒をそと置く

家ぬちに途上の春を曳き来たる客朗々の声したるかな

多重人格

いちにちに幾たびつかふ幾たびもつかふ愛とふ陶製すぷうん

黒糖をとくときとくと思はるる永らくあはぬあなたさまゆゑ

ロンドンのグレイ伯爵取り落とすトップハットのきのまよひかな

土曜日の劇場行きのまへに食むスコーンみつつのきのゆるみかた

イースターまへの土曜日そのまへの満月の晩いつもきのせい

紀野恵歌集　現代短歌文庫第169回配本

2023年4月6日　初版発行

著　者　紀野　恵
発行者　田村雅之
発行所　砂子屋書房
〒101-0047　東京都千代田区内神田3-4-7
電話　03－3256－4708
Fax　03－3256－4707
振替　00130－2－97631
http://www.sunagoya.com
装本・三嶋典東　落丁本・乱丁本はお取替いたします

現代短歌文庫

（　）は解説文の筆者

①三枝浩樹歌集（岡井隆・岩田正）
『朝の歌』全篇

②佐藤通雅歌集（細井剛）
『薄明の谷』全篇

③高野公彦歌集（河野裕子・坂井修一）
『汽水の光』全篇

④三枝昻之歌集（山中智恵子・小高賢）
『水の覇権』全篇

⑤阿木津英歌集（笠原伸夫・岡井隆）
『紫木蓮まで・風舌』全篇

⑥伊藤一彦歌集（塚本邦雄・岩田正）
『瞑鳥記』全篇

⑦小池光歌集（大辻隆弘・川野里子）
『バルサの翼』『廃駅』全篇

⑧石田比呂志歌集（玉城徹・岡井隆他）
『無用の歌』全篇

⑨永田和宏歌集（高安国世・吉川宏志）
『メビウスの地平』全篇

⑩河野裕子歌集（馬場あき子・坪内稔典他）
『森のやうに獣のやうに』『ひるがほ』全篇

⑪大島史洋歌集（田中佳宏・岡井隆）
『藍を走るべし』全篇

⑫雨宮雅子歌集（春日井建・田村雅之他）
『悲神』全篇

⑬稲葉京子歌集（松永伍一・水原紫苑）
『ガラスの檻』全篇

⑭時田則雄歌集（大金義昭・大塚陽子）
『北方論』全篇

⑮蒔田さくら子歌集（後藤直二・中地俊夫）
『森見ゆる窓』全篇

⑯大塚陽子歌集（伊藤一彦・菱川善夫）
『遠花火』『酔芙蓉』全篇

⑰百々登美子歌集（桶谷秀昭・原田禹雄）
『盲目木馬』全篇

⑱岡井隆歌集（加藤治郎・山田富士郎他）
『鵞卵亭』『人生の視える場所』全篇

⑲玉井清弘歌集（小高賢）
『久露』全篇

⑳小高賢歌集（馬場あき子・日高堯子他）
『耳の伝説』『家長』全篇

㉑佐竹彌生歌集（安永蕗子・馬場あき子他）
『天の螢』全篇

㉒太田一郎歌集（いいだもも・佐伯裕子他）
『墳』『蝕』『獵』全篇

現代短歌文庫

（　）は解説文の筆者

㉓春日真木子歌集（北沢郁子・田井安曇他）
『野菜涅槃図』全篇
㉔道浦母都子歌集（大原富枝・岡井隆）
『無援の抒情』『水憂』『ゆうすげ』全篇
㉕山中智恵子歌集（吉本隆明・塚本邦雄他）
『夢之記』全篇
㉖久々湊盈子歌集（小島ゆかり・樋口覚他）
『黒鍵』全篇
㉗藤原龍一郎歌集（小池光・三枝昂之他）
『夢みる頃を過ぎても』『東京哀傷歌』全篇
㉘花山多佳子歌集（永田和宏・小池光他）
『樹の下の椅子』『楕円の実』全篇
㉙佐伯裕子歌集（阿木津英・三枝昂之他）
『未完の手紙』全篇
㉚島田修三歌集（筒井康隆・塚本邦雄他）
『晴朗悲歌集』全篇
㉛河野愛子歌集（近藤芳美・中川佐和子他）
『黒羅』『夜は流れる』『光ある中に』（抄）他
㉜松坂弘歌集（塚本邦雄・由良琢郎他）
『春の雷鳴』全篇
㉝日高堯子歌集（佐伯裕子・玉井清弘他）
『野の扉』全篇
㉞沖なも歌集（山下雅人・玉城徹他）
『衣裳哲学』『機知の足首』全篇
㉟続・小池光歌集（河野美砂子・小澤正邦）
『日々の思い出』『草の庭』全篇
㊱続・伊藤一彦歌集（築地正子・渡辺松男）
『青の風土記』『海号の歌』全篇
㊲北沢郁子歌集（森山晴美・富小路禎子）
『その人を知らず』を含む十五歌集抄
㊳栗木京子歌集（馬場あき子・永田和宏他）
『水惑星』『中庭』全篇
㊴外塚喬歌集（吉野昌夫・今井恵子他）
『喬木』全篇
㊵今野寿美歌集（藤井貞和・久々湊盈子他）
『世紀末の桃』全篇
㊶来嶋靖生歌集（篠弘・志垣澄幸他）
『笛』『雷』全篇
㊷三井修歌集（池田はるみ・沢口芙美他）
『砂の詩学』全篇
㊸田井安曇歌集（清水房雄・村永大和他）
『木や旗や魚らの夜に歌った歌』全篇
㊹森山晴美歌集（島田修二・水野昌雄他）
『グレコの唄』全篇

現代短歌文庫

（　）は解説文の筆者

㊺上野久雄歌集（吉川宏志・山田富士郎他）
『夕鮎』『バラ園と鼻』（抄）他

㊻山本かね子歌集（蒔田さくら子・久々湊盈子他）
『ものどらま』を含む九歌集抄

㊼松平盟子歌集（米川千嘉子・坪内稔典他）
『青夜』『シュガー』全篇

㊽大辻隆弘歌集（小林久美子・中山明他）
『水廊』『抱擁韻』全篇

㊾秋山佐和子歌集（外塚喬・一ノ関忠人他）
『羊皮紙の花』全篇

㊿西勝洋一歌集（藤原龍一郎・大塚陽子他）
『コクトーの声』全篇

(51)青井史歌集（小高賢・玉井清弘他）
『月の食卓』全篇

(52)加藤治郎歌集（永田和宏・米川千嘉子他）
『昏睡のパラダイス』『ハレアカラ』全篇

(53)秋葉四郎歌集（今西幹一・香川哲三）
『極光―オーロラ』全篇

(54)奥村晃作歌集（穂村弘・小池光他）
『鴇色の足』全篇

(55)春日井建歌集（佐佐木幸綱・浅井愼平他）
『友の書』全篇

(56)小中英之歌集（岡井隆・山中智恵子他）
『わがからんどりえ』『翼鏡』全篇

(57)山田富士郎歌集（島田幸典・小池光他）
『アビー・ロードを夢みて』『羚羊譚』全篇

(58)続・永田和宏歌集（岡井隆・河野裕子他）
『華氏』『饗庭』全篇

(59)坂井修一歌集（伊藤一彦・谷岡亜紀他）
『群青層』『スピリチュアル』全篇

(60)尾崎左永子歌集（伊藤一彦・栗木京子他）
『彩紅帖』全篇、『さるびあ街』（抄）他

(61)続・尾崎左永子歌集（篠弘・大辻隆弘他）
『春雪ふたたび』『星座空間』全篇

(62)続・花山多佳子歌集（なみの亜子）
『草舟』『空合』全篇

(63)山埜井喜美枝歌集（菱川善夫・花山多佳子他）
『はらりさん』全篇

(64)久我田鶴子歌集（高野公彦・小守有里他）
『転生前夜』全篇

(65)続々・小池光歌集
『時のめぐりに』『滴滴集』全篇

(66)田谷鋭歌集（安立スハル・宮英子他）
『水晶の座』全篇

現代短歌文庫

（　）は解説文の筆者

67 今井恵子歌集（佐伯裕子・内藤明他）
『分散和音』全篇

68 続・時田則雄歌集（栗木京子・大金義昭）
『夢のつづき』『ペルシュロン』全篇

69 辺見じゅん歌集（馬場あき子・飯田龍太他）
『水祭りの桟橋』『闇の祝祭』全篇

70 続・河野裕子歌集
『家』全篇、『体力』『歩く』（抄）

71 続・石田比呂志歌集
『孑孑』『忘八』『涙壺』『老猿』『春灯』（抄）

72 志垣澄幸歌集（佐藤通雅・佐佐木幸綱）
『空壘のある風景』全篇

73 古谷智子歌集（来嶋靖生・小高賢他）
『神の痛みの神学のオブリガード』全篇

74 大河原惇行歌集（田井安曇・玉城徹他）
未刊歌集『昼の花火』全篇

75 前川緑歌集（保田與重郎）
『みどり抄』全篇、『麦穂』（抄）

76 小柳素子歌集（来嶋靖生・小高賢他）
『獅子の眼』全篇

77 浜名理香歌集（小池光・河野裕子）
『月兎』全篇

78 五所美子歌集（北尾勲・島田幸典他）
『天姥』全篇

79 沢口芙美歌集（武川忠一・鈴木竹志他）
『フェベ』全篇

80 中川佐和子歌集（内藤明・藤原龍一郎他）
『霧笛橋』全篇

81 斎藤すみ子歌集（菱川善夫・今野寿美他）
『遊楽』全篇

82 長澤ちづ歌集（大島史洋・須藤若江他）
『海の角笛』全篇

83 池本一郎歌集（森山晴美・花山多佳子）
『未明の翼』全篇

84 小林幸子歌集（小中英之・小池光他）
『枇杷のひかり』全篇

85 佐波洋子歌集（馬場あき子・小池光他）
『光をわけて』全篇

86 続・三枝浩樹歌集（雨宮雅子・里見佳保他）
『みどりの揺籃』『歩行者』全篇

87 続・久々湊盈子歌集（小林幸子・吉川宏志他）
『あらばしり』『鬼龍子』全篇

88 千々和久幸歌集（山本哲也・後藤直二他）
『火時計』全篇

現代短歌文庫

（　）は解説文の筆者

⑧⑨田村広志歌集（渡辺幸一・前登志夫他）
『島山』全篇

⑨⓪入野早代子歌集（春日井建・栗木京子他）
『花凪』全篇

⑨①米川千嘉子歌集（日高堯子・川野里子他）
『夏空の櫂』『一夏』全篇

⑨②続・米川千嘉子歌集（栗木京子・馬場あき子他）
『たましひに着る服なくて』『一葉の井戸』全篇

⑨③桑原正紀歌集（吉川宏志・木畑紀子他）
『妻へ。千年待たむ』全篇

⑨④稲葉峯子歌集（岡井隆・美濃和哥他）
『杉並まで』全篇

⑨⑤松平修文歌集（小池光・加藤英彦他）
『水村』全篇

⑨⑥米口實歌集（大辻隆弘・中津昌子他）
『ソシュールの春』全篇

⑨⑦落合けい子歌集（栗木京子・香川ヒサ他）
『じゃがいもの歌』全篇

⑨⑧上村典子歌集（武川忠一・小池光他）
『草上のカヌー』全篇

⑨⑨三井ゆき歌集（山田富士郎・遠山景一他）
『能登往還』全篇

⑩⓪佐佐木幸綱歌集（伊藤一彦・谷岡亜紀他）
『アニマ』全篇

⑩①西村美佐子歌集（坂野信彦・黒瀬珂瀾他）
『猫の舌』全篇

⑩②綾部光芳歌集（小池光・大西民子他）
『水晶の馬』『希望園』全篇

⑩③金子貞雄歌集（津川洋三・大河原惇行他）
『邑城の歌が聞こえる』全篇

⑩④続・藤原龍一郎歌集（栗木京子・香川ヒサ他）
『嘆きの花園』『19××』全篇

⑩⑤遠役らく子歌集（中野菊夫・水野昌雄他）
『白馬』全篇

⑩⑥小黒世茂歌集（山中智恵子・古橋信孝他）
『猿女』全篇

⑩⑦光本恵子歌集（疋田和男・水野昌雄）
『薄氷』全篇

⑩⑧雁部貞夫歌集（堺桜子・本多稜）
『崑崙行』（抄）

⑩⑨中根誠歌集（来嶋靖生・大島史洋雄他）
『境界』全篇

⑪⓪小島ゆかり歌集（山下雅人・坂井修一他）
『希望』全篇

現代短歌文庫

（　）は解説文の筆者

111 木村雅子歌集（来嶋靖生・小島ゆかり他）
『星のかけら』全篇

112 藤井常世歌集（菱川善夫・森山晴美他）
『氷の貌』全篇

113 続々・河野裕子歌集
『季の栞』『庭』全篇

114 大野道夫歌集（佐佐木幸綱・田中綾他）
『春吾秋蟬』全篇

115 池田はるみ歌集（岡井隆・林和清他）
『妣が国大阪』全篇

116 続・三井修歌集（中津昌子・柳宣宏他）
『風紋の島』全篇

117 王紅花歌集（福島泰樹・加藤英彦他）
『夏暦』全篇

118 春日いづみ歌集（三枝昻之・栗木京子他）
『アダムの肌色』全篇

119 桜井登世子歌集（小高賢・小池光他）
『夏の落葉』全篇

120 小見山輝歌集（山田富士郎・渡辺護他）
『春傷歌』全篇

121 源陽子歌集（小池光・黒木三千代他）
『透過光線』全篇

122 中野昭子歌集（花山多佳子・香川ヒサ他）
『草の海』全篇

123 有沢螢歌集（小池光・斉藤斎藤他）
『ありすの杜へ』全篇

124 森岡貞香歌集
『白蛾』『珊瑚數珠』『百乳文』全篇

125 桜川冴子歌集（小島ゆかり・栗木京子他）
『月人壮子』全篇

126 柴田典昭歌集（小笠原和幸・井野佐登他）
『樹下逍遙』全篇

127 続・森岡貞香歌集
『黛樹』『夏至』『敷妙』全篇

128 角倉羊子歌集（小池光・小島ゆかり）
『テレマンの笛』全篇

129 前川佐重郎歌集（喜多弘樹・松平修文他）
『彗星紀』全篇

130 続・坂井修一歌集（栗木京子・内藤明他）
『ラビュリントスの日々』『ジャックの種子』全篇

131 新選・小池光歌集
『静物』『山鳩集』全篇

132 尾崎まゆみ歌集（馬場あき子・岡井隆他）
『微熱海域』『真珠鎖骨』全篇

現代短歌文庫

（　）は解説文の筆者

⑬③ 続々・花山多佳子歌集（小池光・澤村斉美）
『春疾風』『木香薔薇』全篇

⑬④ 続・春日真木子歌集（渡辺松男・三枝昂之他）
『水の夢』全篇

⑬⑤ 吉川宏志歌集（小池光・永田和宏他）
『夜光』『海雨』全篇

⑬⑥ 岩田記未子歌集（安田章生・長沢美津他）
『日月の譜』を含む七歌集抄

⑬⑦ 糸川雅子歌集（武川忠一・内藤明他）
『水螢』全篇

⑬⑧ 梶原さい子歌集（清水哲男・花山多佳子他）
『リアス／椿』全篇

⑬⑨ 前田康子歌集（河野裕子・松村由利子他）
『色水』全篇

⑭⓪ 内藤明歌集（坂井修一・山田富士郎他）
『海界の雲』『斧と勾玉』全篇

⑭① 続・内藤明歌集（島田修三・三枝浩樹他）
『夾竹桃と葱坊主』『虚空の橋』全篇

⑭② 小川佳世子歌集（岡井隆・大口玲子他）
『ゆきふる』全篇

⑭③ 髙橋みずほ歌集（針生一郎・東郷雄二他）
『フルヘッヘンド』全篇

⑭④ 恒成美代子歌集（大辻隆弘・久々湊盈子他）
『ひかり凪』全篇

⑭⑤ 続・道浦母都子歌集（新海あぐり）
『風の婚』全篇

⑭⑥ 小西久二郎歌集（香川進・玉城徹他）
『湖に墓標を』全篇

⑭⑦ 林和清歌集（岩尾淳子・大森静佳他）
『木に縁りて魚を求めよ』全篇

⑭⑧ 続・中川佐和子歌集（日高堯子・酒井佐忠他）
『春の野に鏡を置けば』『花桃の木だから』全篇

⑭⑨ 谷岡亜紀歌集（佐佐木幸綱・菱川善夫他）
『臨界』『闇市』（抄）他

⑮⓪ 前川斎子歌集（江田浩司・渡英子他）
『斎庭』『逆髪』全篇

⑮① 石井辰彦歌集
『七竈』『墓』全篇、『バスハウス』（抄）他

⑮② 伝田幸子歌集（岡井隆・波汐國芳他）
『蔵草子』全篇、他

⑮③ 宮本永子歌集（林安一・三井ゆき他）
『黐に来る鳥』『雲の歌』全篇

⑮④ 本田一弘歌集（小池光・和合亮一他）
『磐梯』『あらがね』全篇

現代短歌文庫

（　）は解説文の筆者

⑮⑮富田豊子歌集（小中英之・大岡信他）
『漂鳥』『薊野』全篇
⑮⑯小林幹也歌集（和田大象・吉川宏志他）
『裸子植物』全篇
⑮⑰丸山三枝子歌集（千々和久幸・村島典子他）
『街路』全篇
⑮⑱青木春枝歌集（来嶋靖生・森山晴美他）
『草紅葉』全篇
⑮⑲真中朋久歌集（河野美砂子・大松達知他）
『雨裂』『エウラキロン』全篇
⑯⑩小島熱子歌集（前川佐重郎・山内照夫他）
『ぽんの不思議の』全篇
⑯⑪河路由佳歌集（寺尾登志子・藤原龍一郎他）
『日本語農場』『百年未来』『魔法学校』（抄）他
⑯⑫続々・伊藤一彦歌集（日高堯子・岡野弘彦他）
『日の鬼の棲む』『微笑の空』全篇
⑯⑬結城千賀子歌集（橋本喜典・三井修他）
『蜻蛉文』全篇
⑯⑭関谷啓子歌集（毛利文平・さいとうなおこ他）
『最後の夏』全篇
⑯⑮楠田立身歌集（西野妙子・藤原龍一郎他）
『津森村』全篇
⑯⑯続・谷岡亜紀歌集（四方田犬彦・山田航他）
『風のファド』『ひどいどしゃぶり』全篇
⑯⑰吉野裕之歌集（内藤明・喜多昭夫他）
『ざわめく卵』全篇
⑯⑱本多稜歌集（小池光・俵万智他）
『蒼の重力』『游子』『惑』（抄）他
⑯⑲紀野恵歌集
『フムフムランドの四季』『奇妙な手紙を書く人への箴言集』『架空荘園』全篇

（以下続刊）
水原紫苑歌集　篠弘歌集
馬場あき子歌集　黒木三千代歌集